TRISTAN BERNARD

DAISY

COMÉDIE EN UN ACTE

PARIS
LIBRAIRIE THÉATRALE
30, RUE DE GRAMMONT, 30

1904

DAISY

PIÈCE EN UN ACTE

Représentée pour la première fois, à Paris, sur le Théâtre de la Renaissance
le 13 mai 1902.

DU MÊME AUTEUR

TRISTAN BERNARD

DAISY

COMÉDIE EN UN ACTE

PARIS

LIBRAIRIE THÉATRALE

30, RUE DE GRAMMONT, 30

1904

PERSONNAGES

CHARLEY, 45 ans . . . . MM. Gémier.
DAGO, 25 à 30 ans . . . . Capellani.
BARLU. . . . . Jarrier.
SHARPEY . . . . Valentin.
LE JOCKEY BEARNS. . . . . . Mallet.
BRILLART, inspecteur de la Sû-
  reté. . . . . . , ... Jehan Adès.
UN JEUNE HOMME. . . . . . . Cailloux.
LÉA. . . . . Mlles Jane Heller.
UNE JEUNE FEMME . . . . . M. Bernier.

Le public ordinaire du pesage.

———

DAISY

La scène représente un coin du pesage, à Longchamps. Au
fond une palissade pleine, brune, à hauteur d'homme, formant
couloir avec des boxes de chevaux qu'on ne voit pas. — Au
premier plan, à gauche, un arbre assez grand dont les raci-
nes, en se soulevant, ont formé une espèce d'exhaussement. —
A droite, un massif avance et forme à l'extrême droite une
espèce de réduit qui cache au reste de la scène les personnes
placées là. — Deux chaises en fer au pied de l'arbre, deux autres chaises dans le réduit.

SCÈNE PREMIÈRE

UNE JEUNE FEMME, UN PARIEUR, puis BEARNS
et SHARPEY, CHARLEY et DAGO, en scène au
lever du rideau, sont dans un coin à droite.

UN JEUNE HOMME, sortant des tickets de sa poche.
Trente francs de saint Edme gagnant, c'est fichu !
Cinquante francs de Polichinique placée, c'est fichu
également. Je n'ai touché que la deuxième, ça

n'est pas beaucoup. Allons! je veux encore mettre cinq louis dans celle-là, et je boucle. (Il se lève, à la jeune femme.) Tu m'attends, toi?

UNE JEUNE FEMME.

Oui, mais je m'embête, ne sois pas trop long.

Entrent Bearns et Sharpey.

LE JEUNE HOMME.

Regarde Bearns, c'est le jockey de Silencieuse!

LA JEUNE FEMME.

Tu le connais?

LE JEUNE HOMME.

Non. Mais je connais le type anglais qui est avec lui. Bonjour, monsieur!

Il lui tend la main.

SHARPEY, lui serrant la main négligemment.

Bonjour, monsieur!

LE JEUNE HOMME, clignant de l'œil et montrant Bearns.

Qu'est-ce qu'il dit? Est-ce qu'il compte gagner la grande poule?

SHARPEY.

Il croit il gagne si les autres chevaux ne courent pas plus vite.

LE JEUNE HOMME.

Comment est la bête?

SHARPEY.

Elle a de la crin sur le cou et quatre jambes.

Sortent Sharpey et Bearns.

LA JEUNE FEMME.

Oui! Si tu crois qu'il te dira quelque chose!

LE JEUNE HOMME.

On voit toujours un peu d'après leur air. Moi, je vais le jouer, son cheval...

LA JEUNE FEMME.

Mets dix francs pour moi.

LE JEUNE HOMME.

Donne.

LA JEUNE FEMME.

Je te les rendrai.

LE JEUNE HOMME.

Donne toujours.

LA JEUNE FEMME, brusquement.

Ma bourse! Où est ma bourse en or?

LE JEUNE HOMME.

Ah! c'est bien toi! Est-ce que je perds jamais quelque chose? Je perds ma galette aux courses; mais je sais au moins où je la perds.

LA JEUNE FEMME.

Aide-moi à la chercher.

LE JEUNE HOMME.

Je n'ai pas le temps. A tout à l'heure!

Il sort.

LA JEUNE FEMME, s'approchant de Charley, qui, pendant cette scène, est resté à lire son programme avec Dago.

Pardon, monsieur... Vous n'avez pas vu par hasard, une petite bourse en or avec deux breloques : une petite boîte à lait et un chapeau de marquis?

CHARLEY.

Non, madame, mais si vous l'avez perdue, il faut aller tout de suite faire votre déclaration.

LA JEUNE FEMME.

Où ça, monsieur?

CHARLEY.

Au secrétariat, sous la tribune du milieu. Vous

donnerez la description de votre bourse et des breloques et, à la fin de la journée, vous irez demander s'il n'y a rien de nouveau.

LA JEUNE FEMME.

Oh ! je vous remercie, monsieur, vous êtes bien gentil. Mais est-ce que vous croyez que j'aurai des chances de la retrouver ?

CHARLEY, d'un ton évasif.

Ah ! madame !

LA JEUNE FEMME.

Je vous remercie, monsieur, vous êtes bien gentil !

Elle s'éloigne.

CHARLEY, lui parlant à la cantonade.

Sous la grande tribune... (Il la regarde un instant s'éloigner, puis il tire de sa poche la bourse en or qu'il montre à Dago.) C'est d'un mauvais goût, ces petites breloques, cette boîte à lait, ce chapeau de marquis. J'aime beaucoup mieux ça. (Il tire de sa poche une petite glace d'or.) Et ce petit portefeuille en maroquin avec un billet de cinquante francs et de jolies initiales en brillants.

DAGO.

Eh bien, mon vieux ! Tu ne t'es pas embêté aujourd'hui !

CHARLEY.

Ça n'a pas été mauvais. J'ai encore deux porte-monnaies. Et toi, tu y reviens aussi ? Qu'est-ce que tu as fait pendant ces deux ans au moins qu'on ne t'a pas vu ?

DAGO.

Trois ans, mon vieux, si ça ne te fait rien ! J'ai été pendant trois ans secrétaire du vicomte Gréfy.

CHARLEY.

Le vicomte Gréfy?

DAGO.

Le comte de Vaste, si tu aimes mieux, ou le che-
valier Briglio, ou le marquis de la Roche Saint-Almer.

CHARLEY.

Mais il avait autant de noms qu'un grand d'Espa-
gne, ton patron ?

DAGO.

Oui, mais il les portait successivement. Il ne les
portait jamais plus d'une saison !

CHARLEY.

Il te les repassait quelquefois?

DAGO.

Quand ils étaient encore mettables. Nous avons
fait de bonnes années avec le comte. Malheureuse-
ment il avait un défaut dangereux pour un grec...
Il était joueur... Quand il avait gagné pendant un cer-
tain temps, ça ne l'amusait plus, et il voulait gagner
sans le faire exprès. Or, c'était un déveinard... En-
fin, j'ai eu avec lui quelques bons mois, quelques
mois de prospérité.

CHARLEY.

Pendant qu'il gagnait.

DAGO.

Non. Pendant qu'il perdait. Quand il gagnait il
était rat comme un cochon, et ne voulait pas dimi-
nuer son bénéfice. Une fois qu'il s'est mis à perdre,
il est devenu grand seigneur. Il jouait, comme il disait, sous le velours.

CHARLEY.

Alors, tu vas te remettre à travailler ici?

DAGO.

Je voudrais bien, mais j'ai peur d'avoir un peu
perdu la main. C'est dur, n'est-ce pas?

CHARLEY.

Ah! dame, il faut s'occuper. C'est comme dans
tous les métiers, on ne gagne pas son argent à ne
rien faire.

DAGO.

C'est toujours par devant les tribunes qu'on travaille le mieux?

CHARLEY.

Non. Par là, c'est usé. D'abord il n'y a plus rien
à faire avec les femmes du monde. C'est bien rare
qu'elles aient une poche sous leur sacrée jupe plate.
Et celles qui en ont une l'ont trop près de la peau.
On a l'air de venir là pour autre chose... un mal élevé,
quoi! Et puis, quand elles ont une poche, elles n'ont
pas de porte-monnaie. Et, si elles ont un porte-monnaie, elles n'ont pas de monnaie dedans. Elles ont
des maris, des marquis et des comtes, qui sont tout
ce qu'il y a de calé, qui font un jus épatant et qui
ne leur foutent jamais un rond. A quoi ça leur sert?
C'est leurs femmes! Aussi, tu verras de belles ma-
dames, des duchesses, qui portent des noms de pays
connus, tournailler devant le buffet, quand il fait
chaud, à la recherche du gigolo qui leur paye à
boire. Elles font la retape pour une orangeade.
(Pénétré.) Les femmes du monde, c'est cuit... Tant
qu'aux volailles, elles n'apportent pas leur argent
ici : elles font jouer par leurs amis et c'est le pognon de ces messieurs qui marche. Non, vois-tu, je
vais te donner le tube : tu vas aller du côté du mutuel, tu guetteras auprès des caisses les gens qui
viennent toucher. Tu verras où c'est qu'ils carrent

leurs billets. C'est à toi de choisir les têtes. Ce qu'il
y a de meilleur, c'est la grosse rentière, la bonne
veuve qui se distrait. C'est méfiant de nature, mais
le jeu leur met la tête à l'envers. Et puis, ces vieux
vagons-là, elles ont encore le strapontin à l'ancienne
mode, le bon faux derrière avec la poche dedans... Tu
sais, quand on a fait passer leur porte-monnaie de
leur poche à elles dans sa bonne poche à soi et quand
on s'en va en douceur en tâtant à travers le cuir, en
tâchant de deviner à la dimension des pièces si ce
n'est que du blanc ou si c'est du joli jaune, il n'y a
pas à dire, c'est un moment bien agréable...

DAGO, pénétré.

J'irai tout à l'heure par là...

CHARLEY.

Ici où nous sommes, ça n'est pas plus mauvais non
plus. Il y a quelquefois de bons angliches. C'est ri-
golo de penser ça, pas? Que les Angliches passent
pour nous envoyer des pick-pockets et c'est peut-
être dans leur poche à eux que l'on fait le meilleur
travail! Des gens qui se mouillent, mon cher, il y a
de la ressource, tu comprends! Seulement, si tu tra-
vailles avec les Angliches, veille un peu à ce qu'il
ne t'arrive pas ce qui m'est arrivé la semaine dernière... J'avais chauffé quatre billets de cent francs,
et d'ici, où j'étais venu m'asseoir, je vois un petit jockey qui laisse son pardessus — cover-coat, qu'ils di-
sent, — auprès de cet arbre-là. Probable que le gamin
qui devait garder ce pardessus pendant la course ne
s'était pas trouvé là à temps pour le prendre avec
lui... toujours est que mon jockey monte à cheval,
s'en va... Moi, naturellement, je pose cinq sur le paletot, je fais une tournée d'inspection dans les po-
ches... un billet de cent balles, ce n'était pas mauvais

à prendre... Seulement j'y trouve aussi une dépêche
de Chantilly, qui donnait Maulevrier sûr gagnant de
la dernière. Je le joue à six ; j'y mets les 500 francs
que j'avais eu tant de peine à récolter... Et mon cochon
de Maulevrier reste dans les choux ! Eh bien ! c'était
bien fait pour moi ! Monsieur s'était dit, tu comprends : je vais gagner 3000 francs et, comme une va-
che, tirer ma flemme pendant deux et trois mois. Eh
bien ! je te le dis, c'était bien fait pour moi comme
pour tous ces cochons de fainéants qui veulent gagner leur vie à ne rien faire. Mais ici, mon cher, il
n'y a que nous qui ne volons pas notre argent !

DAGO.

Dis donc ! Et la rousse, les mouches? Il doit y en
avoir pas mal ici, hein?

CHARLEY.

Les mouches? C'est facile à les surveiller. Tout le
monde les connaît. Qu'est-ce que tu veux, c'est des
garçons sans place, qui gagnent leur petite vie là-
dedans. De gros propres à rien qui montreraient
leurs cartes de la police secrète à tout le monde, tel-
lement qu'ils sont fiers d'entrer à l'œil aux Folies-
Bergère.

DAGO.

Oui, tout le monde les connaît ; mais moi, je ne les
connais pas !

CHARLEY.

Tu ne risques rien. Quand une mouche est dans les
alentours, pour avertir les comme toi qui ne les connaissent pas, les comme moi qui les connaissent se
mettent à chanter : « Daisy! »

> Daisy, Daisy,
> Will you marry me...

DAGO, reprenant.

I'm half crasy
Out of the love for you...

CHARLEY.

Ça m'a déjà été salement utile, une bonne fois que
je ne me méfiais pas. Une mouche nouvelle, tu comprends, qui venait de Lyon. Il dégottait mal comme
toutes les mouches, mais il n'y a pas que les mouches qui dégottent mal... Heureusement que le petit
Albert m'a chanté Daisy! Parce que, tu sais, ça ne
m'amuserait pas d'être chauffé en ce moment, à cause
de cette petite môme qui s'en vient de là-bas. (Souriant.) Tu la connais?

DAGO.

Oui.

CHARLEY.

Ah! que je suis bête! Si tu la connais! Puisque
c'est elle qui nous a fait faire connaissance. Qu'est-ce
que c'était donc? Vous étiez du même pays, je crois?

DAGO.

C'est-à-dire qu'on s'était connu tout petits à Reims.

CHARLEY.

Si ce n'était pas pour cette petite-là, je ne me don-
rais pas autant de coton. Pourvu que j'aie de quoi
manger, moi! Mais ça m'amuse qu'elle s'achète ce
qui lui fait plaisir. C'était un petit trottin, tu sais?

DAGO.

Oui.

CHARLEY.

Elle aime aller au restaurant et au café prendre des
consommations avec des pailles.

DAGO.

Oui.

CHARLEY.

C'est gentil d'avoir autour de soi une petite gosse comme ça, qui ne bouge pas, qui est un peu rosse parfois, mais qui en somme vous laisse assez tranquille. C'est un but dans la vie, on travaille pour lui gagner quelques petites pepettes. (Avec attendrissement.) La voilà, la petite poison !

Léa entre.

CHARLEY.

Qu'est-ce que tu veux encore, toi ?

LÉA.

J'ai perdu les vingt francs que tu m'avais donnés. J'ai déjà joué deux courses.

CHARLEY.

Mais tu vas bien, dis donc !

LÉA.

Donne-moi encore dix francs pour jouer cette course-là.

CHARLEY.

Je vais les jouer pour toi. Comme j'ai à faire du côté du Pari Mutuel, ça ne sera pas mal que j'aie l'air d'un bon parieur ! Sur quel cheval ?

LÉA.

Le 5.

CHARLEY.

Je te retrouve ici !

Il sort. — Dago et Léa sont assis sur deux chaises côte à côte. Léa regarde s'éloigner Charley. Au bout d'un instant, elle se retourne vers Dago... Elle lui tend la main qu'elle lui laisse...

LÉA.

Tu vois, je ne peux pas le quitter. Je ne l'aime pas, tu sais bien... Mais regarde comme il tient à moi.

DAGO.

Moi, tu sais si je t'aime. Mais je pense bien qu'il faut être raisonnable. Je sais qu'il te fait vivre, qu'il te donne des tas de petites choses que je ne serais pas en état de te donner.

LÉA.

Oh ! c'est pas ça qui me retient. Faut pas croire que je suis exigeante. Je dépense de l'argent parce que j'en ai. J'en aurais pas, j'en sentirais pas le besoin. Je dépense pour me distraire, parce que je suis avec un homme que je n'aime pas. Mais je serais avec un petit homme que j'aime, je t'assure, je ne penserais guère à m'acheter des robes et des chapeaux.

DAGO.

Ecoute, Léa. Si vraiment tu n'as pas besoin de tant d'argent, il faut que tu viennes avec moi. Je souffre trop de vivre sans toi. C'est si difficile de se voir comme on voudrait. Et puis, ce qui est pénible, c'est de se dire que tu vis avec lui et que tu es à lui quand il veut.

LÉA.

Oh! faut pas que ça te tourmente. Il ne veut pas souvent. C'est pas un jeune homme et quand il veut, je sais toujours bien m'en débarrasser. Ce n'est pas pour ça qu'il a besoin de moi, c'est pour ne pas être seul. Il n'a que moi dans la vie. Je ne peux pas le quitter comme ça.

Un silence.

DAGO.

Tu ne sais pas combien je t'aime!

LÉA.

Je le sais, mais tu peux me le dire encore.

DAGO.

Et toi, tu m'aimes aussi?

LÉA.

C'est-à-dire que depuis que je t'ai revu, il y a deux mois, — parce qu'avant on ne peut pas dire qu'on se connaissait, — depuis qu'on s'est parlé sérieusement, je vois maintenant ce que c'est que d'aimer. Du temps que j'étais gosse, il n'y a pas encore bien long-temps, j'aimais pour dire que j'aimais, pour faire comme les grandes, pour bien me figurer que j'étais grande.

DAGO.

Oui, comme on s'amuse à fumer des cigarettes à douze ans. Tout ce que tu me dis là, j'en ai l'impres-sion comme toi. C'est drôle tout de même qu'on pense si bien la même chose tous les deux!

LÉA.

Tu te rappelles, l'autre jour, quand on s'est arrêté de parler pendant je ne sais combien de temps, on a pensé à toutes sortes de choses; et quand on s'est re-mis à parler, c'est rien qu'aux mêmes choses qu'on avait pensé et c'est la même chose qu'on a dit en-semble!

DAGO.

Nous sommes tout pareils, que je te fis. Avant de te connaître je ne savais pas pourquoi j'étais sur terre. Je n'étais pas heureux, tu sais, et pourtant je n'ai jamais manqué de rien. Penses-tu? En quittant mes

parents, à seize ans, j'avais cinq mille francs devant
moi, que j'avais chauffés dans la caisse de mon père.
Cinq mille francs à soi, à seize ans, c'est joli. Puis
j'ai été employé dans la confection, faubourg du
Temple. Cent vingt francs par mois, c'était le fixe.
Une bonne maison, mal tenue... Il y avait de quoi
s'occuper... Je me suis offert en six mois plus de
cent complets, que j'ai fait filer par des chemins de
traverse. Depuis, en fabriquant de ci de là, j'ai toujours eu de quoi vivre et de quoi m'amuser... Eh
bien! je ne m'amusais pas, tu sais... J'allais avec
l'une, j'allais avec l'autre : c'était des passe-temps.
J'appelais ça des chopins, parce que je ne savais pas
ce que c'était qu'un vrai chopin. Après l'hiver, quand
il recommençait à faire doux et que le mois de mai
approchait, on était énervé. C'était embêtant de n'a-
voir pas dans ces moments-là une petite amie, une
vraie petite amie. Eh ben! tu sais, cette année, le
mois de mai n'a qu'à venir... Il trouvera à qui
parler!

LÉA.

Tu embrassais toujours bien les femmes avant de
me connaître?

DAGO.

Oui, je les embrassais. Les femmes ont la peau
douce; c'est toujours bon à embrasser. Mais toi, c'est
encore autre chose... ça n'a aucun rapport. Quand je
vais pour te prendre dans mes bras, ce n'est pas
seulement une partie de plaisir que je me paie avec
toi; c'est plus complet, il n'y a pas d'erreur. Quand
je t'embrasse, c'est pour me rapprocher de ce qu'il y
a de meilleur au monde. Ah! si tu savais comme je me
fous de tout ce qui n'est pas toi! (Il la regarde.) Il me
semble que j'ai toujours connu tes yeux! Je t'aime

2

bien, mon vieux ! (s'énervant.) Non, je t'aime trop, ça
ne peut pas durer, il faut qu'on se mette ensemble
et qu'on ne se quitte jamais, jamais, jamais, ja -
mais...

LÉA.

Oui... Mais comment le lui dire ?

DAGO.

Il ne se doute absolument de rien ?

LÉA.

Non, il ne se doute de rien. Il peut pas se douter.
D'abord, est-ce qu'il me connaît ? Il me prend pour
une petite gosse occupée d'amusettes, de toilettes et
de chapeaux.

DAGO.

Oui, c'est ce qu'il disait tout à l'heure !

LÉA.

Il sent que je ne l'aime pas. Alors, il ne me croit
pas capable d'aimer personne, c'est bien naturel.

DAGO.

Il faudra pourtant bien qu'on trouve quelque chose
et que cette vie-là finisse ! On ne peut pas rester
comme ça ! Chérie !

Il lui prend la main.

LÉA, retirant sa main.

Attention !

DAGO.

Qu'est-ce qu'il y a ?

LÉA.

Il est là-bas... Je crois qu'il nous a vus... Il vient
par là... J'ai peur qu'il nous ait vus.

DAGO, qui tourne le dos du côté d'où vient Charley, se lève négligemment, regarde vers le côté de Charley, puis se retourne vers Léa et lui dit tout bas.

Il a l'air préoccupé ?

LÉA.

Ça ne veut rien dire. Il est toujours un peu comme ça !

Entre Charley.

CHARLEY, d'une voix un peu énervée.

Voilà ton ticket.

LÉA, d'un ton aimable, un peu faux.

Le 5 gagnant, c'est bien ça, je te remercie !

DAGO, à Charley.

Tu as travaillé un peu, par là ?

CHARLEY, d'une voix sèche.

Non ! (Reprenant moins sèchement.) Non...

Un silence.

DAGO, regardant Léa.

Je m'en vais un peu par là-bas. (Léa lui fait un petit signe d'acquiescement. Dago, d'un ton aimable, un peu faux :) A tout à l'heure.

CHARLEY, même ton.

A tout à l'heure !

Dago sort.

CHARLEY, s'approchant de Léa au bout d'un instant.

Qu'est-ce que ça veut dire que vous vous teniez la main, avec Dago ?

LÉA, un peu embarrassée, mais surmontant son trouble.

On se tenait la main ?

CHARLEY.

Je t'ai vue.

LÉA.

Eh ben! je ne sais pas, moi... On était pour se quitter... On se disait au revoir.

CHARLEY.

Vous n'étiez pas en train de vous quitter!

LÉA.

Oh! tu m'embêtes! tu ne vas pas te mettre à être jaloux maintenant! Tu ne vas pas me faire des scènes?

CHARLEY.

Qu'est-ce qu'il y a entre toi et Dago?

Un silence.

LÉA.

Il y a qu'on s'aime!

CHARLEY.

C'est sérieux, ce que tu dis là?

LÉA.

C'est sérieux! Il m'aime, je l'aime.

CHARLEY.

Et tu me dis ça comme ça?

LÉA.

Il y a bien longtemps que j'aurais voulu te le dire.

CHARLEY.

Mais tu ne sais pas ce que tu dis, voyons! Tu n'es qu'une gosse! Ça t'amuse de penser que tu peux aimer quelqu'un... et tu ne t'es pas dit quelles conséquences ça pouvait avoir pour moi. C'est de ma faute aussi! Je ne m'occupe pas assez de toi... Voyons, si je m'occupe de toi, je te ferai bien oublier ce gamin-là! (Souriant.) Gosse! petite gosse! Pour la première fois dans la vie, mets-toi un peu à réfléchir. Réfléchis un peu à la peine que tu me fais, à la grande peine. Tu vois, je ne crâne pas avec toi. Tu ne veux donc pas réfléchir un peu, dis?

LÉA.

J'ai bien réfléchi.

CHARLEY, s'irritant.

J'ai bien réfléchi! Est-ce que tu sais seulement ce que c'est que de réfléchir? Si tu y avais pensé la moindre des choses, est-ce que tu n'aurais pas vu l'infamie, la saleté que tu me fais en pensant à un autre?

LÉA.

Oh! Charley!

CHARLEY.

Tu me forces à dire les choses comme elles sont. Tu n'as pas le droit, entends-tu, de penser à un autre. Après ce que j'ai fait pour toi! Pour un caprice de petite fille, tu n'as pas le droit d'oublier ce que j'ai fait pour toi! C'est honteux! pense donc un peu d'où je t'ai tirée... Quel petit trottin! Quelle petite grue tu étais!

LÉA.

Oh! ne parle pas comme ça, Charley, ne me parle pas comme ça!

CHARLEY.

Je te parle comme ça, parce qu'il n'y a pas moyen de te parler autrement. Une gosse comme toi, une misérable gosse sans cœur et sans réflexion! Ça n'entend pas raison. Il faut te traiter comme une gosse! Tu es à moi, je te garde!

LÉA.

Nous verrons ça! Tu me fais presque de la peine

d'être aussi maladroit. Il n'y avait qu'une chose qui me retenait à toi, c'est la peur de m'entendre dire tout ce que tu viens de me dire là. J'en ai plus peur maintenant. Je sais comme tu t'es mis en colère. Tous les droits dont tu me parles, toutes les menaces que tu peux me faire, ça m'est bien égal. J'avais peur de te faire de la peine. La peine est faite, le coup est porté!

CHARLEY.

Rentrons!

LÉA.

Rentre tout seul. (Charley tombe assis. — A part.) Pauvre vieux! Je n'osais pas le sacrifier, il y est venu tout seul. (Elle fait un pas de son côté, comme si elle allait revenir à lui.) Ah! voilà Dago, là-bas.

Elle s'en va. Charley est resté assis, accablé.

BARLU.

Charley, il faut venir par là, devant les tribunes. Deux grues drôlement habillées en vert, il y a une bonne foule autour d'elles, à les regarder. Viens par là!

CHARLEY.

Ah! mon vieux, je ne pense pas à travailler, va. Il y aurait une fortune à chauffer par là, je ne bougerais pas. Qu'est-ce que tu veux? Je suis foutu, maintenant!

BARLU.

Qu'est-ce qu'il y a donc de nouveau?

CHARLEY.

Il y a que je suis cocu!

BARLU.

Qu'est-ce que tu me racontes là?

CHARLEY.

Tu vas pas me dire le contraire. C'est elle qui me l'a dit. Elle me plaque pour le petit Dago.

BARLU.

Qu'est-ce que tu veux, mon pauv' vieux, t'es pas le premier!

CHARLEY.

Ah! si tu crois que c'est de ça que je m'occupe. Ah! je sais bien que je suis pas le premier. Je suis à un âge où je me fous bien d'être cocu. Mais je ne me fous pas d'être plaqué!... Tu ne peux pas savoir ce que c'est pour moi, cette petite-là... Elle s'en doute pas non plus. Je me rends bien compte que je ne lui ai pas assez parlé : on garde ces choses-là pour soi. On se figure que les autres, qui vivent à côté de vous, voient ce qui se passe en vous, l'éprouvent en même temps. On ne s'explique pas... On a tort de ne pas s'expliquer. Et puis, peut-être que moi-même je me rendais pas compte, comme maintenant, de ce que j'étais attaché à elle. Aujourd'hui que ça s'arrache, je vois que ça tenait un peu. Non, non, je suis trop vieux pour supporter ça! Il faut que je me cramponne, ça ne se passera pas comme ça!

BARLU.

Tu peux pas te débarrasser de Dago en lui foutant un mauvais coup?

CHARLEY.

Je ne suis pas courageux. Je n'ai jamais été courageux. Je serais jeune, je dirais : Je vais le crever. Je le dirais et je ne le ferais pas. Maintenant je ne me monte plus le coup sur moi-même. Je ne tiens pas à faire croire aux autres ni à moi que je suis un gaillard d'attaque. J'ai le courage de voler, parce que

c'est mon métier ; j'en ai l'habitude ; et le pis qui pour-
rait m'arriver, ça serait de tirer ma flemme en pri-
son... Mais j'ai toujours reculé devant les gros ouvra-
ges !

BARLU.

C'est vrai que, si tu te débarrassais de Dago, c'est
pas ça qui te ramènerait la petite. Elle ne l'oublie-
rait pas pour ça !

CHARLEY.

Si, qu'elle l'oubliera. Elle n'y pense pas sérieusement. Elle y pense parce qu'il est là. S'il n'était pas
là, elle n'en aurait pas pour quinze jours.

BARLU.

Tu crois ?

CHARLEY.

Ah! je la connais bien !

BARLU.

Alors il faut trouver quelqu'un d'autre pour se débarrasser de lui.

CHARLEY.

Qui veux-tu ?

BARLU.

Voilà du monde. Allons par là-bas. D'abord je n'ai
pas fait ma journée encore.

Ils sortent. Le jockey Bearns entre en scène avec Shar
pey. Il sont suivis de Brillart.

BRILLART, à Sharpey.

C'est M. Bearns ?

SHARPEY.

Oui, c'est lui!

BRILLART.

Je suis inspecteur de police.

SHARPEY.

Oui, monsieur.

BRILLART.

Voulez-vous dire à M. Bearns que nous avons été très ennuyés l'autre jour, qu'on lui ait pris son portefeuille dans son pardessus?

SHARPEY, à Bearns.

Billy, this gentleman is a police inspector. He told me the policy is very sorry your pocket book was robbed last sunday.

BEARNS, à Sharpey.

Yes. I was a bloody stupid fellow. I accuse meself only.

SHARPEY, à Brillart.

M. Bearns dit qu'il n'accuse que lui, qu'il n'était qu'un imbécile!

BRILLART, à Sharpey.

Voulez-vous dire à M. Bearns que nous allons tâcher de pincer le voleur? Nous voulons lui tendre un piège.

SHARPEY.

Piège? (Brillart fait un geste de la main.) Trap! yes!

BRILLART.

Nous voudrions que M. Bearns laisse son pardessus au pied de l'arbre comme l'autre jour, afin de tenter les malfaiteurs.

SHARPEY.

Je comprends. Je veux lui dire! (A Bearns.) This gentleman wishes you to put your covercoat, near this tree. (Il montre le pied de l'arbre.) To set a trap for the robbers.

BEARNS, à Sharpey.

I dont like that very much, but I will do it for
this french gentleman sake.

SHARPEY.

Monsieur Bearns dit qu'il n'aime pas beaucoup
faire cela, mais qu'il le fera tout de même pour être
agréable au gentleman français.

Coup de cloche. Bearns retire son pardessus.

BEARNS.

Shall I leave it here?

SHARPEY, à Brillart.

Here? (Se reprenant.) Ici?

BRILLART.

Oui. (Avec empressement.) Yes!

BEARNS.

Well!

Il retire son paletot, et le dépose. Passent plusieurs personnes, qui vont dans la même direction. Peu après
entrent Charley et Barlu, puis Brillart qui reste derrière
la palissade.

BARLU.

C'est malheureux, tu sais, d'avoir suivi cette fille
pendant si longtemps, de l'avoir manquée, de l'avoir
rattrapée, et une fois que j'ai réussi à lui mettre
dans la poche, de n'avoir ramené que ça!

CHARLEY.

Qu'est-ce que c'est que ça?

BARLU.

Un crayon anti-migraine. (Il regarde autour de lui et
lui montre le paletot au pied de l'arbre.) Tiens, regarde,
là!

CHARLEY.

Quoi ?

BARLU.

Le pardessus.

CHARLEY.

Oui, oui, hein, le cover-coat du petit jockey ! Il est
là comme un appât : c'est un piège à moineaux !

BARLU.

C'est un piège à renards. Il faut qu'ils trouvent
autre chose pour nous.

CHARLEY.

On ne marche pas, on est en pantoufles. On ne
veut pas se mouiller les pieds. (Regardant autour de lui,
et désignant une barrière derrière laquelle est Brillart.) Regarde un peu l'autre daim qui fait le guet derrière
la barrière. Il y a vraiment aucun mérite à ne pas
se laisser chauffer par des fourneaux pareils.

BARLU.

C'est vrai qu'on le connait bien celui-là !

CHARLEY.

Et quand on a un peu le fil pour ça, il n'est pas
difficile à reconnaître.

BARLU.

Mais il faut encore avoir le fil. Regarde un peu qui
c'est qui vient là-bas !

CHARLEY, vivement.

Dago !

BARLU.

Il n'a pas le fil, Dago, tu comprends ?

CHARLEY.

Oui !

BARLU.

Retirons-nous par là qu'il ne nous voie pas.

Ils vont à l'avant-scène à droite, derrière un petit massif
qui les empêche d'être vus. Dago entre lentement en
scène par la gauche, en passant derrière l'arbre, au
pied duquel se trouve le pardessus.

CHARLEY.

Hé ! il ne le verra seulement pas, le paletot, va !
Il a autre chose dans la tête en ce moment. Il ne pense
pas à travailler.

BARLU.

Si, qu'il y pense ! Il lui faut du pognon pour la
môme. Il en cherche, que je te dis. Il verra le paletot, il le prendra, sois tranquille !

CHARLEY.

Il ne le verra pas.

BARLU.

Mais si !

CHARLEY.

Regarde donc derrière la palissade, la mouche qui
est à l'observer ! Ah ! quel bougre de mal à gauche
que cette mouche ! On la verrait à deux kilomètres !
Mon Dago va se méfier !

BARLU.

Non, non, il ne se méfie pas ! Attends un peu qu'il
voie le paletot...

CHARLEY.

Il ne le verra pas !

BARLU.

Il y vient! il l'a vu!

CHARLEY.

Il l'a vu!

BARLU.

Ah! nom de Dieu!

CHARLEY.

La mouche se cachera pas, tu sais. Il veut se faire voir.

BARLU.

Il se croit beau. Ça ne fait rien, va, vieux, Dago ne se méfie pas! Regarde-le, mon Dago, s'il y vient au paletot! Ah! là! là!

CHARLEY.

Il y vient! il y. vient! mon pauvre Dago, tu vas te faire chauffer, mon Dago!

Dago s'asseoit sur une chaise, non loin du pied de l'arbre.

BARLU.

Tant pis pour lui!

CHARLEY.

Ah! oui, fallait pas qu'il y aille.

BARLU.

Il t'a fait assez de mal.

CHARLEY.

Ah! oui, c'est bien assez. Il y en a un de nous qui est de trop. Qu'est-ce que tu veux, y en a un de nous deux qui doit écopper!

BARLU.

Tant mieux pour toi que ça soit lui!

CHARLEY.

C'est ce que je me dis !

BARLU.

Regarde la mouche avec son œil en dessous.

CHARLEY.

Il me dégoûte !

BARLU.

Sois tranquille, Dago ne le verra pas !

CHARLEY.

Il est bête aussi, ce Dago !

BARLU.

Regarde donc là-bas. Il ne vient personne... (Vivement.) La môme qui s'amène là-bas... Est-ce qu'elle connaît la mouche ?

CHARLEY.

Oui, je la lui ai montrée déjà.

BARLU.

Faut que j'aille à sa rencontre pour la détourner d'ici.

CHARLEY.

C'est ça ! C'est ça !

BARLU.

Elle se détourne toute seule. Elle s'en va de l'autre côté. Il y a du bon. Plus personne pour sauver Dago !

CHARLEY.

Plus personne !

BARLU.

Il se lève de sa chaise. La mouche ne le quitte pas des yeux...

CHARLEY, se cachant les yeux.

Oh ! je ne veux pas voir ça !

BARLU.

Il se baisse!...

CHARLEY, chantant.

Daisy, Daisy !
Will you marry me?

Dago, qui avait fait un léger mouvement pour se baisser,
se relève. Il regarde autour de lui, et s'approche timi-
dement de Charley.

DAGO.

Je te remercie, Charley.

CHARLEY.

Va-t'en! Foutez-moi le camp tous les deux, que je
ne vous voie plus !

Dago s'éloigne. Des gens arrivent sur la scène.

BRILLART, qui est descendu, regardant Charley, assez haut
pour être entendu de lui.

Qu'est-ce qu'il a donc, celui-là, à chanter comme
ça ?

CHARLEY, amèrement.

C'est que je suis content !

BRILLART.

Vous n'en avez pas l'air ?

CHARLEY.

Je suis triste, mais je suis content !

Il chante à demi-voix :

Daisy, Daisy !
Will you marry me ?
I'm half crasy
Out of the love for you...

Le rideau tombe pendant qu'il chante les deux derniers
vers.

FIN.

Imprimerie Générale de Châtillon-sur-Seine. — A. Pichat.